LUIZ CHAMADOIRA

BICHOS DIVERSOS EM VERSOS

Ilustrações de

CARLOS GOMES DE FREITAS II

Porto de Idéias
EDITORA

Sete bichos. Sete histórias.

Sabe como foi que isso começou? Foi assim: um dia eu acordei e veio um bicho me pedir para escrever para crianças o que aconteceu com ele. Adivinhe quem é esse bicho. O orangotango. Mas foi tão exigente! Ele queria porque queria que a história fosse escrita em versos, ou seja, ele queria que a história fosse uma poesia. Eu pensei: que trabalheira! Mas, cá entre nós, até gostei porque adoro poesia e assim fica mais bonito. Na historinha que ele pediu para eu contar, o orangotango queria que eu falasse sobre o que aconteceu com ele num restaurante. Uma história tão engraçada! Depois que escrevi a história do orangotango, sabe o que aconteceu? Outros bichos que ouviram essa história, e gostaram, pediram que eu contasse uma história de cada um deles para a criançada. Veja só os bichos que me fizeram esse pedido: o ornitorrinco, o elefante, o pavão, a galinha, a cutia e a foca. Claro que eu atendi ao pedido de todos eles. Agora você pode curtir as histórias desses bichos.

Bichos espertos. Bichos dispersos.

Bichos diversos em versos.

À Lucília e à Letícia.

O ORANGOTANGO

Era uma vez
Um orangotango
De tanga branca
E boné xadrez.

No seu carango,
Vai ao restaurante
E pede seu rango.

Depois espera
Mais de uma hora.
— Mas que demora!

Vira uma fera.
Come uma empada.
E o rango, nada.

Então se inflama.
Chama o garçom
E, em alto e bom som,
Roda a baiana.

Rango não veio.
Ninguém faz nada.
Ele já está cheio.
Mas que mancada!

O que ele faz?
Bela surpresa!
Tira os sapatos
E então levanta.

Dá um baita salto.
Sobe na mesa
E grita bem alto:
— Não veio o rango?
Não me preocupo
E até danço um tango.

Fica dançando
Todo exibido.
E é vaiado
Até quando,
Bem bravo,
Vem o garçom
E lhe fala:
— Quem pensa que é?
Pensa que é o bom?
Vá lá para a rua.
O rango, o tango,
Agora esqueça.
Fique na sua
E desapareça.

O orangotango
Vai logo embora
E até chora.

A rua desce.
Quase desmaia.
Faz uma prece
E vem um bicho
E lhe oferece
Umas bananas
Que achou no lixo.

Sabe quem é esse bicho?
O ornitorrinco.

O ORNITORRINCO

O ornitorrinco
É mesmo um bicho
Todo esquisito!
É, com certeza,
Belo capricho
Da natureza.

É incrível, gente!
Ele tem bico
E até dente.
Surpreso fico
Quando eu vejo
Que não tem asa.

O ornitorrinco
Não quer hoje
Ficar em casa.
Não está para prosa.
Quer ir ao circo.

Há um porém.
E o dinheiro
Para a entrada?
Ele não tem.

Pede emprestado
A um amigo,
O velho mico,
Lá do mercado.
Bom companheiro
Mas bom de bico.
Pôs no contrato
Juros bem altos.

E o ornitorrinco
Todo contente
Entra no circo.
Olha o palhaço
Dar cambalhota.
Correr para cá.
Correr para lá.
E depois voltar.
O ornitorrinco
Com a palhaçada
Racha o bico.

E o equilibrista.
Oh, como anda
Na corda bamba!

E, nesse instante,
Vem o macaco
Tão saltitante
Ali no palco.

E tem até
Aquele homem
Que come fogo
E assusta o povo.
Que corajoso
Que ele é!

O ornitorrinco
Fica vibrando
Com o espetáculo
Que é magnífico.

Quando se encerra
Ele desce
Da arquibancada.
O que acontece?
Leva um tombo.
Ao dar um pulo
Machuca o bico.
Esfola o lombo.
E fica fulo.

Adorou o circo.
Riu pra valer,
Mas e agora?

Ele quase chora,
pois não sabe
O que fazer.
Ele ainda tem
De pagar mico.
E tem também
De ir ao médico
Curar o bico.

Mas que azar!
Embora, bravo,
Vai confiante
Lá consultar
Dr. Gustavo,
Um elefante.

CIRCO
HOJE
MATINÊ
O HOMEM
MAIS FORTE
DO MUNDO
CIRCO

O ELEFANTE

Lá vai o elefante
Todo elegante
Na praça passear.

Vejo alegria
Em seu semblante,
Pois ele confia
Em realizar
Seu grande sonho
De um belo dia
Se casar.

Para ser feliz
Só lhe adianta
O que sempre quis:
Uma elefanta.

Lá na praça
Senta num banco,
E, bem quietinho,
Fica olhando
O povo passar.

Encolhidinho
Recolhe a tromba.
Muito paciente,
Para ninguém
Incomodar.

Pois é consciente
De que um elefante
Sempre incomoda
Muito a gente.

E, de repente,
Quem é que surge
À sua frente?
Quem mais almeja:
A elefanta.
A cumprimenta
E com ela se encanta.
Sua tromba beija.

E, nesse instante,
Ele a convida
Para ir com ele
Ao restaurante.
Têm muita sede.
Pedem uma bebida.

Estão felizes.
Apaixonados
Vão se casar.

O casório
Já está marcado.
Se bem me lembro,
será em setembro,
Não sei o horário.
O dia também não.
Mas sei quem é
Um ilustre convidado.
É o pavão.

O PAVÃO

Olha lá o pavão
Mas que estranho
O seu rabão!
Seu tamanho
Sempre aumenta.

Chega o galo
e o cumprimenta.

— Bom dia, pavão.
Ah, que alegria!
Há quanto tempo
Eu não o via.

Aí parado,
Tão atento
Está à toa?
Todo imponente
Parece um rei.
Ah, já sei...
Espera a pavoa.

Tenho inveja
Desse seu rabo
Todo arrumado.
O meu, veja,
Tão feio!
Mas que merreca!
Parece mais
Uma peteca.

O seu, não.
Tem tantas penas!
Lindo pavão,
Com essas cores
Não há quem
Não o admire.
Lembra até
Um arco-íris.

Tem gente que afirma
Que é, com certeza,
Uma obra-prima
Da natureza.

Diz o pavão,
— Ora, seu galo,
Todo esse rabo
De que adianta?
Estou muito bravo.

O galo fica curioso
E pergunta:
— O que aconteceu?
Alguém puxou
O rabo seu?
Você está furioso!

Responde o pavão:
— Eu já lhe falo,
Amigo galo,
Me deram um furo.
Tem alguém
Brincando comigo,
Eu já estou fulo.
Isso não se faz
A um amigo.

É muita demora.
Estou esperando
Há uma hora.
Como a pavoa
Está aprontando
Para mim esta boa?

Se não me engano
Me deu o cano.

O meu receio
É que não veio.

O que eu faço?
Me fizeram
De palhaço...

— Amigo pavão
Venha cá, que eu lhe dou
Um forte abraço
E um conselho,
Isso acontece, meu velho.
Não liga não.
Vê se esquece.
Ficar sofrendo
Você nem merece.
Com a beleza
Desse seu rabo,
Não tem motivo
Para tristeza.

Além disso,
Eu te convido,
Meu companheiro,
A ir lá no galinheiro.

A galinha
Botou de novo
E agora está
Chamando o povo
Para ir já para lá
Comemorar
A chegada
De mais um ovo.

A GALINHA

Olha a galinha,
Lá no seu ninho
Bem sentadinha.

Vai botar de novo
Um lindo ovo.
Espera, espera.
Mas que paciência,
Ela é uma fera!

Como demora!
Esse ovo não sai,
Já está esperando
Faz uma hora.
Até quando?

Enquanto isso
O pescoço estica
E um matinho
Ela bica
Para enfeitar
Seu lindo ninho.

Finalmente
lá está ela
Toda contente.

O ovo saindo
Bem devagar,
Todo branquinho,
Como ele é lindo!
Caiu no ninho.

E a galinha
Anunciá-lo vai
a todo mundo.
Até a seu pai,
— Cocorocó, cocorocó...

Galo, venha cá,
Você veja só,
Ali no ninho,
O meu ovo
Todo branquinho.
Logo, logo
Nasce um pintinho.

Cocoreco, cocoreco,
Venha para cá,
Amigo marreco.

Botei de novo,
Olha só este ovo!

Ele é do peru.
Chame aqui
Todo o povo,
Até o urubu.

E tem a cutia
Que mora ali
Perto daquele rio.
É tão simpática!
Vê se a convida, viu?

A CUTIA

Certo dia, na beira do rio,
Encontrei a cutia.

Quando ela me viu,
Para mim olhou
E não tinha mais
A habitual alegria.

Falei-lhe então:
— Boa tarde, cutia.
Parece triste,
Que aconteceu?

Ela respondeu:
— Ainda não viu
Como está este rio?

Pouco peixe tem
E pescar nele
Ninguém mais vem.

Veja esta água.
Que coisa nojenta,
Olha que imunda!

Quase parada.
Quem nela entra
Logo se afunda.

Até desconfio,
Creia em mim,
Que esse rio
Está no fim.

Assim convém
Uma providência
Logo tomar,
Para o nosso bem,
Pois isso também
Vai nos salvar.

Que poluição!
O que fazer
Para a solução
A gente ter?

O leão deu a ideia
De logo fazer
Uma assembleia.

Temos de agir
Com paciência
E muita paz,
Sob a presidência
Do rei dos animais.

Escute aqui,
O nosso rei,
Até já sei,
Já marcou
Uma reunião
Muito urgente.
E ele convoca
Muita gente!
Até a foca
Atenderá
À convocação.
Você pode a foca chamar?
E ela, claro que vem,
Porque no mar,
Também,
Muita poluição tem.

A FOCA

Veja a foca,
Como se move
Lá a nadar.
Até comove!

Bem de manhã
Vai sol tomar.
Com tanto elã,
Com uma bola
Fica a brincar.

Com muito jeito,
Faz embaixada.
Mata-a no peito.
Que artista nata!

E me convida
Para brincar.
Lá vem ela
Tão desinibida!

Joga para mim
E eu para ela.

Eu para ela,
Ela para mim.

Como é bom
Jogar assim
Aquela bola!
Sem deixá-la
Cair no chão.

No imenso mar
Vamos nós dois
Mergulhar.
Logo depois
Fico vendo a foca
Ali a nadar
E saltar fora...

Nadar
E voltar fora.

Nadar
E pular fora.

Pular fora.

Fora.

E agora vai
Deitar
Ali na praia.

Sente frio,
Veste uma saia.
Vai tomar sol
Porque o mar está gelado
E tem medo
De pegar um resfriado.
Mas, de repente,
Ouve um rugido
Dói-lhe no ouvido.

Se não se engana,
Tem um bicho
Muito bacana
De olhar nela fixo
Comendo banana.

Pergunta-lhe o nome.
Ele diz Chimango.
É um enorme
Orangotango.

Era uma vez
Um orangotang
De tanga branc
E boné xadrez.

No seu carang
Vai ao restaura
E pede ~~seu~~ um ran

Depois espera
Mais de uma h
— Mas que de

Vira uma fera.
Come uma em
E o rango, na

Então se infla
Chama o garç
E, alto e bom
Roda a baian

Rango não v
Ninguém faz
Ele já está c
Mas que mar

Não agüent
Nada adian
O que ele f

Bela surpre
Tira o sapa
E então levanta.

Dá um baita salto,
Sobe na mesa
E grita bem alto:
— Não veio o rango?
Não me preocupo.
Danço um tango.

~~Recebe apupos.~~
Fica ~~E fica~~ dançando
Todo exibido E é vaiado
Até quando,
Bem ~~agressivo~~, bravo,
Vem o garçom.
E lhe fala então:
— Quem pensa que é?
Pensa que é o bom?
Vai já pra rua.
O rango, o tango
Fica na sua
Agora
E d~~D~~esapa
O o~~O~~rangot
Vai logo
E até ch

~~A rua des~~
~~Chega a u~~
~~A fome cr~~
~~Quase des~~

~~Faz uma pr~~
~~E vem um bi~~
~~Que o encan~~
~~E lhe oferec~~
~~Umas banana~~
~~Que achou no lixo.~~

A rua desce.
Quase desmaia.
Tem muita fome.
Chega a uma praia.
Faz uma prece
E vem um bicho
Que o encanta
E lhe oferece
Umas bananas
Que achou no lixo.

Sabe quem é
esse bicho?
O ornitorrinco.

LUIZ CHAMADOIRA

Nasceu em 1943, em Atibaia-SP, onde residiu até os vinte anos. Foi nessa cidade que ele começou a gostar de bichos. Ficava encantado com os passarinhos, principalmente pintassilgo, canário-da-terra e azulão que, veja só, cantavam no quintal de sua casa. Lá hoje só vai pardal.

Em 1964 mudou-se para São Paulo para continuar os estudos. Adorou essa cidade, foi ficando e dela nunca mais saiu.

Licenciou-se em Letras - Português-Francês - pela Universidade de São Paulo.

Exerceu diversas atividades: revisor de texto, professor e consultor de Língua Portuguesa, psicanalista.

Nas horas vagas, Luiz criava canários-do-reino. Participou de exposições e concursos no Brasil e no exterior. Sua dedicação a esse pássaro o fazia muito feliz, principalmente depois que se sagrou campeão mundial num concurso realizado no Peru, em 1984, em que quatro canários seus obtiveram o primeiro lugar na categoria quarteto.

Luiz, atualmente, é consultor de Língua Portuguesa, na internet, atuando na Palimptexto, e revisor de textos. Nas horas vagas continua a fazer o que mais gosta: curtir bichos. Só que agora compartilha essa sua paixão com as crianças, escrevendo-lhes histórias de bichos. Devagarinho os bichos vão entrando na poesia de Luiz e encantando as crianças.

Neste livro estão as primeiras histórias de bichos. Outros bichos, com certeza já estão vindo e entrando num próximo livro.

CARLOS-GOM

LIGAR PARA O JANJÃO

CARLOS GOMES DE FREITAS II

Nasceu em São Paulo, em 1943. Desde criança era apaixonado por desenho. Aos desesseis anos, ainda estudante de arte, começou sua carreira ilustrando anúncios e capas de revistas industriais, de arquitetura e de turismo.

Depois ilustrou audiovisuais de histórias infantis, capas e histórias para revistas em quadrinhos.

Durante vários anos foi diretor de arte.

Em 1986 foi convidado para trabalhar nos Estados Unidos, onde morou dois anos.

Trabalhou também na Europa durante oito anos, fazendo ilustrações para publicidade, litreatura infantil e juvenil. Criação de personagens, histórias em quadrinhos, charges, cartazes, logotipos e outdoors estão entre outros trabalhos que realizou.

Bichos Diversos em Versos

Luiz Chamadoira

Ilustrações de Carlos Gomes de Freitas II

Editor: Sebastião Haroldo de Freitas Corrêa Porto
Coordenação Editorial: Silvana Pereira de Oliveira
Diagramação: Ieda Yumi Assano

Dados Internacionais de Catalogação na Publicação (CIP)
(Câmara Brasileira do Livro, SP, Brasil)

Chamadoira, Luiz
Bichos diversos em versos / Luiz Chamadoira ; ilustrações de Carlos Gomes de Freitas. -- São Paulo : Porto de Idéias, 2012.

ISBN 978-85-8061-29-1

1. Poesia - Literatura infantojuvenil
I. Freitas, Carlos Gomes de. II. Título.

12-08594 CDD-028.5

Índices para catálogo sistemático:
1. Poesia : Literatura infantil 028.5
2. Poesia : Literatura infantojuvenil 028.5

EDITORA PORTO DE IDÉIAS LTDA.
Rua Perdões, 101 - Aclimação
São Paulo - SP - 01529.030
Fone/Fax (11) 3884-3814
portodeideias@portodeideias.com.br
www.portodeideias.com.br
twitter.com/portodeideias